Karl Gottlieb von Windisch, Christian von Mechel

Karl Gottlieb von Windisch's Briefe u?ber den schachspieler des hrn. von Kempelen, nebst drey kupferstichen die diese beru?hmte maschine vorstellen

Karl Gottlieb von Windisch, Christian von Mechel

Karl Gottlieb von Windisch's Briefe u?ber den schachspieler des hrn. von Kempelen, nebst drey kupferstichen die diese beru?hmte maschine vorstellen

ISBN/EAN: 9783741167935

Hergestellt in Europa, USA, Kanada, Australien, Japan

Cover: Foto ©Andreas Hilbeck / pixelio.de

Manufactured and distributed by brebook publishing software
(www.brebook.com)

Karl Gottlieb von Windisch, Christian von Mechel

Karl Gottlieb von Windisch's Briefe u?ber den schachspieler des hrn. von Kempelen, nebst drey kupferstichen die diese beru?hmte maschine vorstellen

Briefe

über den

Schachspieler

des

Hrn. von Kempelen.

Karl Gottlieb von Windisch's

Briefe

über den

Schachspieler

des

Hrn. von Kempelen,

nebst drey Kupferstichen
die diese berühmte Maschine vorstellen,

herausgegeben

von Chr. von Mechel

der K. K. und anderer Akademien Mitgliede.

Mit allergnädigstem K. K. Privilegio.

Basel in dem von Mechel'schen Kunstverlage,
1783.

Vorbericht.

Die Erscheinung einer mechanischen Figur, die mit einem denkenden beseelten Wesen das schwerste aller Spiele spielt, sich seinem belebten Gegner gleich bewegt, von dessen Willen und Spiel abhängt, gleich ihm oft gewinnt, oft verliehrt, kurz der kühnste Gedanke eines Mechanikers, das Meisterstück der Schöpfung in einem beweglichen Bilde nachzuahmen, war zu auffallend, um nicht die größte Aufmerksamkeit zu erregen. Sehr vieles ist schon darüber geschrieben, aber nur einmal etwas zureichendes davon gesagt worden, und zwar schon im Jahre 1773. von einem genauen Freunde des Erfinders und seinem Landsmanne

4

dem H. von Windiſch dem Ver⸗
dienſtvollen Verfaſſer der Geſchichte
und der Erdbeſchreibung von Ungarn.
Dieſes geſchah damals in einigen Pro⸗
vinzial Blättern, aber ſo kurz, daß die
wenigſten auswärtigen Liebhaber, die
von dieſer faſt unglaublichen Erfin⸗
dung reden hörten, davon etwas er⸗
fuhren.

Es iſt alſo ein angenehmer Dienſt,
den der nämliche Verfaſſer hier durch
dieſe Briefe leiſtet, worinn er auf eine
umſtändlichere Weiſe von allem Nach⸗
richt giebt, alles beſchreibt, und ſelbſt
einige Züge des berühmten Erfinders
ſchildert.

Dem Herausgeber dieſer Briefe, der
bey ſeinem Aufenthalte in Wien mit

demselben gleichfalls eine genaue Bekanntschaft errichtete, die Maschine oft spielen sah, ist es doppelt schäzbar, durch diese Bekanntmachung dem Publikum zu dienen und zugleich die Achtung für seinen Freund öffentlich an den Tag zu legen.

Zu diesem Ende sind auch drey Kupferplatten hinzugefügt worden, deren

Die Erste den Schachspieler von vorn,

Die Zwente von hinten, beyde aber vor dem Spiele vorgestellt.

Die Dritte hingegen zeigt ihn mitten im Spiele begriffen, und mit aufgehobenem Arme und Hand.

Diese Abbildungen sind um desto richtiger, weil sie nach den eigenen

6

Zeichnungen des H. von Kempelen
mit Fleiß gestochen worden sind.

Der Nuzen davon kann doppelt seyn.
Jene die die Maschine nicht zu sehen
Anlas hatten, können sich hieraus
einen hinreichenden richtigen Begriff
machen; die aber die sie gesehen haben,
werden mit Vergnügen hier das An-
gedenken eines der merkwürdigsten
Kunstwerke erneuern. Möchte es auch
für die Zukunft zum Denkmal und
Beweise werden, was für ein seltenes
Genie die gegenwärtige Zeit in diesem
eben so schäzbaren als bescheidenen
Manne besaß.

Erster Brief.

Preßburg den 7ten bei Herbstmonat 1782.

Bester Freund!

Aber, wer wird Ihnen auch alle die
Fragen, die Sie mir über den berühmten
Schachspieler des Herrn von Kempelen
vorlegen, beantworten können! — Alle
Ozanams, alle Guyots, und wie die Herren
sonst heißen, würden Ihnen diesfals gewiß
gar kein Genügen leisten! Unterdrücken
Sie also immer nur eine Portion Ihrer
Neugierde, seyn Sie aber auch versichert,
daß ich mir alle Mühe geben werde, den

größten Theil dieser Neugierde zu befriedigen!

Sie haben, sagen Sie schon so viel
über diese Maschine gehört, gedacht, und
gelesen, dennoch aber Ihre Wißbegierde
weder beruhigen, noch sich von der Möglichkeit einer so unglaublichen Sache überzeugen können. Aber, wundern Sie sich
nicht mein Bester; denn mir, der ich sie
schon so oft gesehen, untersucht, und mit
ihr gespielet habe, geht es eben nicht besser;
ja, zum Troste meiner Eigenliebe auch andern nicht, denen ich immer mehrere Kennt-
niße, und tiefere Einsichten zutrauen muß.
Denn, unter einigen tausend Menschen,
hat es noch keiner errathen, wie das alles
zugehet.

Und doch muß es Täuschung seyn, sagen
Sie. O! das wird Ihnen keine vernünf-
tige Seele, auch selbst der Erfinder nicht
abläugnen. — Aber, worinnen besteht
dann diese Täuschung? — Das eben ist der
gordische Knoten, den selbst Alexander durch
keinen Schwertstreich auflösen würde. —
Also, eine Täuschung? Ja, aber eine
Täuschung die dem menschlichen Verstande
Ehre macht; eine Täuschung, die schöner,
unvermutheter, und verborgener ist, als
alle die Täuschungen, welche bey den soge-
nannten mathematischen Unterhaltungen
(récréations mathématiques), davon wir
einige Bände haben, angebracht sind.

Es ist wahr, wer diese Maschine nur
obenhin ansieht, muß immer auf den

Verdacht einer mitwirkenden menschli[
Hülfe gerathen. Auch mir gieng es n
beſſer. Denn, als ich es zum erſtenn
ſah, wie der Erfinder ſeinen Türken
einer Alkove hervorſchob, und ich
großen Kaſten an den er ſizt, erblickte
dachte ich gleich, wie vielleicht alle, die
mit mir zum erſtenmale ſahen : Groß gen
einen Knaben darinnen zu verbergen; i
ich gab allen, welche ziemlich laut beha
teten, daß ein Kind in dieſem Kaſten ſe
in meinem Herzen um ſo vielmehr Beif
als es nach meinem Augenmaße, a
wohl ein Bube von zehn und mehr Jah
ſeyn konnte. — Als der Herr von Ke
pelen aber gleich darauf die Thüren die
Kaſtens öfnete, die Schublade herausz...
und ſogar die Kleider der Figur am Rücken

hinaufſchlug — als er den Kaſten, der auf
vier Walzen ſteht, herumdrehte, und der
ganzen Geſellſchaft erlaubte, alles von
vorne und von hinten genau zu beſehen, —
und ich, wie Sie leicht denken können,
keinen Winkel unbeſehen ließ, doch aber
keinen verborgenen Ort fand, der auch
nur einen Hut beherbergen könnte: ſo ſtand
ich ganz verwirrt, und beſchämt da, ja,
es ſchmerzte mich nicht wenig, daß meine
Hauptentdeckung, die ich gleich beim Ein-
tritte ſo glücklich gemacht zu haben glaubte,
auf einmal wie ein Rauch verflog!

Ich weis nicht, ob alle meine Mitzu-
ſchauer ſo, wie ich, dachten, wenigſtens
glaubte ich auf einigen Geſichtern etwas
zu bemerken, welches den Gedanken von

einer übernatürlichen Macht in ihrem Herzen verrieth : eine alte Dame aber, die
vielleicht die erften Eindrücke von guten,
und böfen Geiftern durch ihre Amme erhalten hatte, fchlug ein Kreuz, mit einem
andächtigen Seufzer vor fich, und fchlich
an ein etwas entferntes Fenfter, um dem
böfen Feind den fie unfehlbar bey oder
in der Mafchine vermuthete, nicht fo nahe
zu feyn.

Zweyter Brief.

Den 10ten Herbstmonat.

Sie sind ein Geheimdenker! — dieses
Wort, welches mir, unter uns geredt,
nicht wenig Mühe gekostet, habe ich erst
erfinden müssen, um das auszubrücken,
was ich in dem Augenblicke, als ich ihren
Brief las, von Ihren drolligen Einfällen
dachte. —

Ob mich meine Augen nicht betrogen,
und ob so viele andere Augen, mit und
ohne Ferngläser auch recht gesehen haben;
die vielen Aber, und jedoch — dieses alles
sollte mich wohl gar überreden, Sie glaubten gleichfals, daß es mit der Maschine des
Herrn von Kempelen nicht richtig zugehe. —

Aber, haben Sie nur noch ein wenig Ge-
dult, und Sie sollen alles erfahren; alles,
bis auf das wenige, welches wohl Niemand
von dem Erfinder je erfahren wird!—

Und, nun will ich es versuchen, Ihnen,
soweit es in meiner Gewalt steht, eine
genaue Beschreibung des mechanischen
Schachspielers zu machen. Damit Sie
aber einen desto vollkommeneren Begrif
davon erlangen können: so lege ich Ihnen
drey Kopien derjenigen Zeichnungen hier
bey, die der Erfinder selbst für den Herrn
von Mechel gemacht hat, und die folglich
nicht richtiger, und genauer seyn können:
Er hat es mir erlaubt, sie abzeichnen zu
lassen, und sie kommen mit den Originalen
vollkommen überein.

Die erste dieser Zeichnungen stellet den
Schachspieler so vor, wie er, ehe das Spiel
angeht, von vorn gezeigt wird, das ist,
mit offenen Thüren, und herausgezogener
Schublade.

Die zweyte zeigt, wie er von hinten aus-
sieht, und zwar mit hinaufgeschlagenem
Gewande, und mit entblößter innerlicher
Struktur des Körpers.

Die dritte endlich, bildet den Herrn
Bascha ab, wie er eben im Spiele Begriffen ist.

Diese drey Zeichnungen zu dem gehalten,
was ich Ihnen itzt gleich sagen werde,
müssen Ihnen alles so klar vorstellen, als
wann Sie diese Maschine selbst hätten spielen gesehen. —

Die beſte Ordnung, glaube ich, wird wohl diejenige ſeyn, wann ich Ihnen alles herſage, wie ich es Schritt für Schritt geſehen habe. Aber auch dieſer Ordnung könnte ich nicht folgen, wenn ich ihn nicht ſo vielmal ſpielen geſehen hätte. Denn, das erſte und zweytemal, war ich von dem Wunderbaren und Unbegreiflichen ſo ſehr hingeriſſen, daß ich viele Umſtände gar nicht bemerkte, die mir erſt bey dem vierten- und fünftenmale auffielen. Ja, da der Erfinder ſo oft er ihn ſpielen läßt, immer die nemliche Ordnung beybehält, ſo bin ich endlich damit ſo bekannt geworden, daß ich, einen einzigen kleinen Umſtand aus- genommen, wie ich nemlich den Spieler in Bewegung ſezen müßte, dieſe Maſchine ſelbſt zeigen wollte.

Der

Der Herr von Kempelen lebt hier in
Presburg und bewohnet mit seiner liebens⸗
würdigen Familie den erſten Stock ſeines
Hauſes, in dem zweyten aber iſt ſeine Fa⸗
bricke und ſeine Stubierſtube. — Wann er
ſeine Maſchine zeigt, ſo verſammelt ſich die
Geſellſchaft in der unteren Wohnung, und
wird ſodann in die Obere geführet.   In
dem Vorzimmer dieſer Wohnung, liegt
eine Menge allerhand Schreiner ⸗ Schloſ⸗
ſer ⸗ und Uhrmacher⸗Werkzeuge ziemlich
unordentlich herum, und charakteriſiret den
Aufenthalt eines Mechanikers vollkommen.
An den Wänden des zweyten Zimmers,
ſtehen einige große Schränke, die theils
mit Büchern, theils aber mit Naturalien,
und Antiquitäten angefüllt ſind. Der übrige
Raum iſt mit Bildern, und Kupferſtichen,

B

welche alle von der eigenen Hand des Be-
wohners sind, behangen. Die Aufsäze
der Schränke sind mit Glasthüren versehen,
der untere Theil aber mit doppeltbüren
von eichenem Holze, von dem auch die
Schränke selbst gemacht sind, verschlossen;
der Fußboden aber ist von gemeinen wei-
chen Dielen. — Dieses alles muß ich voraus
schicken, um Ihnen eine Frage zu ersparen,
die Sie mir nothwendig gemacht haben
würden, wenn sich Ihre Einbildungskraft
eben so, wie die meinige, in der Nothwendigkeit befunden hätte, nach einer langen
fruchtlosen Anstrengung Ihre Zuflucht endlich zu dergleichen Aussenwerken, und nahen
Behältnissen zu nehmen.

So wie die Thüre eröfnet wird, so fällt

auch diese derselben grade gegenüber ste-
hende sonderbare Maschine in die Augen.
Sie bestehet aus einem drey und ein halben
Fuß langen, zwey Fuß breiten, und zwey
und ein halben Fuß hohen Kasten, in Form
eines Schreibtisches der auf vier Walzen
ruht, und von einem Orte zum andern
gerücket werden kann. Hinter demselben
sitzt eine türkisch gekleidete männliche Figur
von mittlerer Menschengröße auf einem
hölzernen Stuhle, der an dem Schrank
fest gemacht ist, und mit demselben fort-
geschoben wird. Mit dem rechten Arme
lehnt sie sich auf den Schrank, in der linken
Hand aber hält sie eine lange türkische Ta-
bakspfeife, die sie eben vom Munde genommen zu haben scheinet. Der linke ist
eben derjenige Arm, mit welchem sie spielt,

nachdem ihr das Tabaksrohr aus der Hand
gezogen worden ist. Vor ihr liegt das an
den Schrank geschraubte Schachbrett, auf
welches sie die Augen beständig gerichtet
hält.

Nun öfnet der Erfinder die vorberen Thüren des Schrankes, und die unter demselben befindliche Schublade. Der innere
Raum ist durch eine Wand in zwey Fächer
getheilet, von welcher das linker Hand,
welches ungefähr den dritten Theil der ganzen Länge beträgt, mit Rädern, Hebeln,
Walzen und dergleichen Uhrwerken angefüllet ist. In dem größeren zur Rechten
siehet man nebst einigen Rädern und Feder-
häusern zween horizontal liegende Qua-
branten; den übrigen Raum aber nimt

ein Käſtchen, eine Tafel mit goldenen Buch=
ſtaben, und ein Polſter ein.

Das Käſtchen ſetzet der Erfinder auf
einen kleinen unweit davon ſtehenden Tiſch,
und das Blatt mit den goldenen Buchſta=
ben, welches nach geendigtem Spiele auf
das Schachbrett geleget wird, und zur
Beantwortung der Fragen die dem Auto=
mat gemacht werden, dienet, davon ich
Ihnen ein andersmal das mehrere, itzt aber
ein herzliches Adieu ſagen werde.

Dritter Brief.

den 14ten des Herbſtmonats.

Hier muß ich noch einige Sachen nach-
holen, die ich vielleicht ſchon oben hätte
berühren ſollen. Aber ich weis mein theu-
reſter Freund, daß Sie eben nicht alles
ſo genau abzirkeln werden, als wenn Sie
einen mathematiſchen Plan vor ſich hätten.
Etwas früher, oder ſpäter, wann ich nur
hoffen kan, daß meine Beſchreibung Ihrer
Erwartung vollkommen entſpricht!

Zurück alſo zu dem Schranke! — In der
Schublade deſſelben ſtehen die Spielſteine
von weiſſem, und rothgefärbten Elfen-
bein auf einem Brette, die ſammt demſelben

herausgenommen, und zu dem Schachbrette hingestellet werden. Auſſer dieſem,
enthält gedachte Schublade ein länglichtes
Käſtchen mit ſechs kleinen Schachbrettern,
auf welchen einige ſchwer auszuſpielende
Parthien aufgeſezet ſind, welche das Automat, wann man es verlangt, und ſein
Spiel darnach auf dem groſſen Schachbrette aufſezet, ausſpielet, und gewiß ge-
winnet, man mag ihm die weiſſen oder die
rothen Steine geben.

Hierauf öfnet der Erfinder die hinteren
Thüren des Schrankes, ſo, daß man zwi-
ſchen dem Uhrwerke durchſehen, und ſich
verſichern kann, daß kein lebendes Geſchöpf
in demſelben verborgen ſeyn könne. Meiſt
hält er noch ein brennendes Wachslicht

hinein, alle Winkel zu beleuchten. Dann
schlägt er am Rücken den Kaftan, oder das
lange Kleid der Figur biß über ihren Kopf
hinauf, und läßt die innere Struktur des
Körpers sehen, wo sich ebenfalls nichts als
Hebel und Räder zeigen, und kein Platz
übrig ist, auch nur eine Kaze zu verbergen.
Sogar die türkische Pumphosen sind mit
einem Thürchen versehen, das, allen Verdacht zu heben, gleichfalls geöfnet wird.
Sehen Sie nur die zweyte Zeichnung an,
denken Sie aber nicht, so wie Viele, die
es bey dem erstenmale nicht gleich recht be-
merket haben, daß der Erfinder ein Stück
wieder zumacht, wann er das andere
öfnet. Nein! wohlgemerkt, der ganze
Kasten, die Schublade, und die
Figur steht zugleich offen da, und

so schiebt er das Ganze von Ort und Stelle.
Wann nun alles genau besehen ist, wird
alles zugemacht, und ein Geländer vorge-
schoben, welches die Zuschauer abhält, sich
während dem Spiele auf die Maschine zu
lehnen, und sie dadurch zu erschüttern.
Hinter diesem Geländer hat der Erfinder
einen weiten freyen Raum, in welchem er
bald auf dieser bald auf jener Seite der
Maschine herumgeht, ohne sie jedoch an-
ders zu berühren, als wann er das abge-
lauffene Uhrwerk wieder aufziehen muß.
Endlich greift er bey dem Rücken der Figur
hinein, richtet daselbst eine kleine Weile
alles in gehörige Ordnung, und legt den
Arm der Figur auf ein Polster.

Aber bald hätt' ich des Kästchens, und

der Tafel mit den goldnen Buchstaben ver-
geſſen! — Das Käſtchen alſo! O! da ſteckt
gewiß was dahinter! — und die Tafel mit
den goldnen Buchſtaben — das können Hie-
roglyphen, oder magiſche Charakter ſeyn! —
Nicht doch! das Käſtchen öffnet zwar der
Erfinder den Zuſchauern nicht; nur er allein
ſieht während dem Spiele von Zeit zu Zeit
hinein; es hat aber ſo wenig, als der Tiſch
worauf es ſteht, und der bey den abwechs-
lenden Vorſtellungen bald hier bald dort
geſtellt wird, die mindeſte ſichtbare Gemein-
ſchaft mit der Maſchine.   Dieſem Käſtchen
will man die Nothwendigkeit ſeines Daſeyns
durchaus abſprechen, und man hält es für
ein bloßes Blendwerk.   Allein der Erfinder verſicherte mich in allem Ernſte, daß
er dieſes Käſtchen gar nicht entbehren, und

ohne daſſelbe nicht einmal ſpielen könnte.
Er beruft ſich auf jene Zeit, wann er dieſes
Geheimniß der Welt kund machen wird,
da ſich dann jedermann auch von der Nothwendigkeit deſſelben überzeugen wird. —

Die goldnen Buchſtaben auf der oben
erwähnten Tafel ſind lateiniſch, ziemlich
groß, und dienen zu einer neuen Unter-
haltung. — Wann das Spiel zu Ende iſt,
ſo wird dieſe Tafel auf das Schachbrett
gelegt, man läßt ſodann die Geſellſchaft
eine Frage an die Maſchine thun, die ſolche
dadurch beantwortet, daß ſie mit dem Finger auf die Buchſtaben zeigt, welche zuſam-
men genommen die Antwort auf die vor-
gelegte Frage bezeichnen. Ehe dies geſchieht,
richtet der Erfinder etwas in der Maſchine,
und dieſes iſt das einzigemal, daß ich ihn

die Maschine berühren sah indem er solches bey dem Schachspiele niemal thut.

Endlich läßt der Erfinder seinen Türken das Spiel anfangen. Ich will ihn für heute spielen lassen, und mich zur Ruhe begeben.

Vierter Brief.

Den 1ſten des Herbſtmonats.

Nun, wann dieſe Maſchine ſpielt —
Hier muß ich Ihnen, damit Sie ja alles
genau wiſſen, ſagen, daß ſie mit der linken
Hand ſpielt. Ich fragte um die Urſache
und erfuhr, daß der Erfinder darauf nicht
Acht hatte, und dieſen kleinen Fehler erſt
bemerkte, als er mit ſeiner Arbeit ſchon zu
weit gekommen war, als daß er ihn hätte
verbeſſern können. — Doch das gehört zur
Sache nicht; denn was liegt uns daran,
ob Titian ſein Bild mit der rechten, oder
linken Hand gemalt hat! —

Alſo, wenn ſie ſpielt, ſo hebt ſie dieſen
Arm langſam auf, und richtet ihn nach der

Seite des Brettes, wo der Stein stehet
womit gespielt werden soll. Vermittelst
des Handgelenkes bringt sie die Hand an
den Stein wieder, macht die Hand auf,
und indem sie den Stein gefaßt hat, wieder
zu; sie hebt den Stein auf, und stellt ihn
auf das Feld, wo er hinkommen soll. So-
dann legt sie ihren Arm auf ein Polster,
das neben dem Schachbrette liegt. Wann
sie ihrem Gegner einen Stein nimmt, so
hebt sie ihn von dem Schachbrette weg,
stellt ihn ausser demselben nieder, und führt
durch eine Reihe von Bewegungen, wie
ich sie beschrieben habe, den Arm herzu,
ihren eigenen Stein zu nehmen, und ihn
auf das Feld zu stellen, wo derjenige stand
den sie weggenommen hat. Bey einem jeden
Zuge vernimmt man ein dumpfes Gerassel

eines laufenden Uhrwerkes, so, wie ungefähr bey einem Schlagwerke einer Stock-
uhr. Sobald der Zug ganz vollbracht ist,
und der Arm wieder in seiner Ruhe auf dem
Polster liegt, hört auch dieses Geräusche
wieder auf, und alsdann darf der Gegen-
spieler weiter fortziehen.

Der Herr Bascha aber scheint ziemlich
unhöflich zu seyn, da er immer das Spiel
anfängt, aber, weil doch dieser Vorzug,
ein kleiner Vortheil ist, so kann man ihn
wohl einem hölzernen Spieler gar leicht
zugestehn.

Bey jedem Zuge des Gegners bewegt
er den Kopf, und sieht auf dem Brette
herum. Beym Schache der Köni-
ginn nickt er zweymal, so, wie beym

Schache dem Könige dreymal mit
dem Kopfe; bey einem falschen Gange aber
schüttelt er denselben. Ein solcher ereignet
sich nicht selten; denn jeder Spieler, oder
Zuschauer ist begierig zu sehen, wie er sich
dabey verhält. — Man läßt zum Beyspiele
den Läufer gehn, wie den Springer und
sogleich faßt er den Läufer, und stellt ihn
wieder auf das Feld, wo er vorher stand. —
Gleich darauf macht unser Muselmann seinen eigenen Zug, folglich ist der Zug des Gegners für diesmal verloren, und er für seine
Zerstreuung, oder vorsezlichen Betrug ge-
straft. — Wieder ein kleiner Vortheil des
Erfinders der sich den Gewinn des Spiels
auf alle Art zu erleichtern sucht, da er mit so
vielen Gegenständen ohnehin beschäftiget
ist, und nicht alle seine Aufmerksamkeit
auf

auf das Gutspielen verwenden kann, un-
geachtet es bey vernünftigen Zusehern nicht
darauf ankommt, ob das Automat gewin-
net oder verlieret, wenn es nur paſſende
Züge macht.

Die, welche mit ihm spielen, ersucht der
Erfinder die Steine allzeit recht mitten auf
das Feld zu sezen; welches darum geschieht,
damit, wann die Hand einen solchen Stein
nicht in der Mitte des Feldes anträfe, sie
nicht etwann mit einem Finger darauf
drücke, und Schaden nähme. Wann ein
Zug von dem Gegner einmal geschehen iſt,
so darf er ihn eben so wenig wieder zurück
nehmen, als es die Maschine selbſt thut,
und so muß mit gleichen Waffen, und Be-
dingniſſen gestritten werden.

E

Nach jedem zehnten oder zwölften Zuge zieht der Erfinder die Federn des Arms seiner Maschine auf, um die bewegende Kraft zu erneuern. Sie begreifen es aber auch wohl, mein theuerster, das dies mit der richtenden Kraft, oder mit dem Vermögen, dem Arm hierher, oder dorthin zu lenken, welches daß größte Verdienst dieser Maschine ausmacht, nichts zu thun habe. — Und dies ist, wie ich glaube eben derjenige Umstand, der unter allen, welche diese Maschine angehen, am schwersten begriffen werden kann.

Innländische sowohl, als fremde Mathematiker haben diese Maschine auf das sorgfältigste untersucht, ohne auch nur auf die geringste Spur zu kommen, wie sie ihre

Bewegung verrichtet. Ich war oft mit
zwanzig und mehr Personen in dem Zimmer, wo sie spielte; alles richtete die Augen
auf den Erfinder, der jederzeit in einer Ent-
fernung von drei bis vier Schritten stand,
oder einige Augenblicke in das nebenste-
hende Kästchen sah: allein nicht ein einzi-
ger konnte auch nur die geringste Bewegung an ihm bemerken, die einigen Einfluß
auf die Maschine hätte verrathen können.
Diejenigen welche die Wirkungen des Ma-
gnets bey den sonderbaren Vorstellungen
zu Paris gesehen haben, glaubten daß dieser Stein das Mittel wäre, welches hier
gebraucht würde, den Arm zu regieren.
Allein, ausserdem, daß man dieser Muth-
maßung sehr viel entgegen setzen kann: so
erbietet sich auch Herr von Kempelen, daß

er einem jeden dem es beliebte erlauben
wollte, den stärksten, und auf das beste
bewaffneten Magnet an den Tisch zu bringen ohne zu befürchten, daß die Bewegung
der Maschine auch nur im mindesten gestö-
ret werden könnte.

Noch eins. Der Rösselsprung, den diese
Maschine macht, ist zu merkwürdig, als
daß ich davon schweigen könnte. Er ge-
schiehet also: Nachdem alle Steine von dem
Brette weggenommen worden, nimmt einer
von den Zusehern ein Rössel, stellt es auf
ein ihm selbst beliebiges Feld. Gleich faßt
es die Maschine mit der Hand an, und
springt damit nach dem, diesem Steine vor-
geschriebenen Gange von einem Felde zu
dem andern, das ist von einem weissen auf

ein schwarzes, und von da wieder auf ein
weisses, bis endlich alle Felder durchge-
gangen, und auf das erste, von welchem
es angefangen hat, wieder zurück gekommen ist. Damit man aber wissen könne,
daß es nie auf ein Feld zweymal gekommen, und dennoch auf allen Feldern ge-
wesen ist, so legt einer von den Umstehen-
den auf das erste Feld eine weisse Spiel-
marke um zu bezeichnen, daß hier angefangen worden, und auf die übrige eine rothe
solche Marke, bis das ganze Schachbrett
angefüllet ist. Versuchen Sie doch diesen
Rösselsprung auf Ihrem Brette. Ihnen
wird er vielleicht eher gerathen. Ich habe
mich schon oft vergebens damit geplagt.

Und, nun kann ich hoffen Ihre Neugierde

geſtillet, Ihre ernſten Zweifel beſieget, und
allen weitern Einwendungen zuvorgekom-
men zu ſeyn. In der Folge meiner Briefe,
werde ich Sie mit den perſönlichen Eigen-
ſchaften, und den Verdienſten des Herrn
von Kempelen bekannt zu machen ſuchen,
und von der Entſtehung dieſer ſeiner Maſchine einige Nachricht ertheilen.

Fünfter Brief.

Auf was doch noch der menschliche Erfin-
dungsgeist verfallen wird! ein verwegnerer
Gedanke konnte wohl nie in der menschlichen Seele entstehen, als dieser: Ich will
eine hölzerne Figur machen, die Schach
spielen soll! — Freund, ich erstaune, wann
ich diesem Gedanken nachhänge; und ich
weiß, daß auch Sie mit mir gleiche Empfin-
dungen haben werden! was der Flötenspie-
ler des Herr Vaucanson für das Ohr ist,
das ist der Schachspieler des Herrn von
Kempelen in einem weit höherem Grade,
für den Verstand, und das Auge!

In dem 1769ten Jahre eben als sich dieser Herr in einigen Dienstgeschäften zu

Wienn befand, ward er nach Hofe beruf-
fen, um einigen mathematischen Vorstellungen zuzusehen, die ein Franzos, Namens
Pelletier aus den Récréations mathemati-
ques des Ozanam und Güyot, welche
größtentheils durch die magnetische Kraft
hervorgebracht werden, zeigte. Ihre
Majestät unterhielten sich mit dem Herrn
von Kempelen hierüber, und er versicherte
die Monarchinn, daß er sich getrauete,
eine Maschine zu verfertigen, die alles das,
was dieselbe eben gesehen habe, weit
übertreffen sollte. — Ihre Majestät feuer-
ten ihn zu Ausführung seines Vorhabens
an; und in einer Zeit von sechs Monathen,
brachte er einen Automat zu Stande,
welcher alles, was man von dergleichen
Werken bisher gesehen hat, und den ich

Ihnen nun in meinen vorhergehenden
Briefen zu beschreiben das Vergnügen hatte,
sehr weit übertrifft.

Dieses Meisterstück war kaum fertig, als
er es auch nach Wienn brachte. Die ver-
ewigte Maria Theresia, Ihre Durchlauch-
tigste Familie, viele Kaiserliche und aus-
ländische Minister, Gelehrte und Künstler
sahen es spielen, oder spielten selbst mit
demselben, und bezeugten jedesmal aus-
nehmendes Vergnügen darüber.

Das Gerücht von diesem Automat ver-
breitete sich über einen großen Theil von
Europa. Zeitungschreiber, und Journalisten
beschäftigten sich mit Kundmachung dessel-
ben, und wie es allzeit zu geschehen pflegt,

wann einer dem andern Wunderdinge nach-
erzählt, ihre Nachrichten waren irrig, wi-
derſprechend, und übertrieben. Des Erfinders Abſicht aber war nichts weniger,
als mit dieſer Maſchine Aufſehen in der
Welt zu machen, oder es für ein Wunder-
werk auszugeben. Er will nicht, daß es
für mehr, oder für weniger gehalten werden ſoll, als es wirklich iſt, nemlich, eine
unterhaltende Spielerey, die ſich ganz gut
ſehen läßt.

Ich ſezte daher ſchon im Jahr 1773
eine glaubwürdige Nachricht davon auf,
die ich in einigen Journalen, und andern
von mir herausgegebenen Schriften (*)

_____

(*) Im dritten Jahrgange der K. K. privilegir-
ten Anzeigen, Wienn, 1773. in 4 auf der 230 —

(43)

bekannt machte, und die hernach in verschiedenen Periodischen Werken, und Sam-
lungen wiederholt wurde.

Zufrieden mit dem Beyfalle, den man
seinen Talenten gab, verachtete der Herr
von Kempelen die ansehnlichen Summen,
die man ihm für diese Maschine anbot; und
mit andern Arbeiten, und wichtigen Mechanischen Versuchen beschäftiget, entzog
er seinen Freunden, und so vielen Wißbegierigen Fremden das Vergnügen, dieses
Meisterstück zu sehen dadurch, daß er das-
selbe, da es durch das einpacken und führen
etwas gelitten hatte, nicht mehr reparirte.
Es lag also bis zur Ankunft der rußischen

232. Seite; und im ersten Theile der Ungrischen
Geographie Preßburg 1780 gr. 8. S. 55 — 58.

Herrschaften nach Wienn müßig, da dann
Seine Majeſtät der Kaiſer, der Ihnen den
Aufenthalt in ſeiner Reſidenz auf alle Art
angenehm zu machen ſuchte, ſich auch der
Maſchine des Herrn von Kempelen erin⸗
nerte, und ihn befragen ließ, ob er ſie zu
recht richten, und vor Ihnen ſpielen laſſen
könnte? Dieſen Wink zu befolgen, über⸗
wand er alle Hinderniſſe, und ſtellte ſolche
in fünf Wochen wieder ſo her, daß er da⸗
mit dieſe hohen Gäſte in die angenehmſte
Bewunderung verſetzte, und ſowohl von
Ihnen, als andern Zuſehern aufgemuntert
ward, dieſe ſeine Maſchine in fremden
Ländern ſehen zu laſſen. Seine Majeſtät
der Kaiſer ſtimmten dieſer allgemeinen
Meynung bey, und ertheilte ihm hierzu
die Erlaubniß auf zwey Jahr.

Dieſes , und die beſtändigen Wünſche
des aufgeklärteren Publikums brachten ihn
auch zu dem Entſchluße , dieſe allerhöchſte
Erlaubniß zu benüzen. Da dieſe Maſchine
aber wegen des Zerlegens, und Verpackens
einige erhebliche Abänderungen erforderte,
ſo brauchte er auch Zeit, ſolche in den Stand
zu ſezen eine lange Reiſe auszuhalten. Und
dieſe Beſchäftigung hinderte ihn auch eine
andere Maſchine gänzlich zu Stande zu
bringen, die noch weit mehr Bewunderung,
und daher auch ihren eigenen Brief ver-
dient. Rathen Sie inzwiſchen was das
ſeyn mag.

Sechster Brief.

Den 21ſten Herbſtmonat.

Nun was glauben Sie wohl an was
Kempelen arbeitet, an einer Kleinigkeit —
er macht weiter nichts, als eine Maſchine
die ſpricht. Geſtehen Sie doch, man
muß einen ſchöpferiſchen Geiſt, ein unbän-
dig kühnes Genie haben, wenn man ſich
an ſo etwas wagen darf; und es geräth
ihm ſchon wieder. Er iſt ſchon ſo weit
damit gekommen, daß er die Möglichkeit
einer ſolchen Maſchine zeigen, und den Gelehrten eine neue, und bisher unbekannte
Erfindung zur Beurtheilung vorſtellen
kann. Schon beantwortet ſie einige Fragen ziemlich deutlich, und vernehmlich,

Ihre Stimme ist ein sanfter Alt, der Ton auch ganz angenehm, das R. jedoch spricht sie etwas schnarrend aus. Wann man etwas nicht recht versteht, oder verstehen will, so wiederholt sie das Gesagte langsam; wann man dieses aber noch einmal fordert, so sagt sie es mit einer bösen, und aufgebrachten Stimme. Ich habe sie in verschiedenen Sprachen Wörter, und Redensarten ganz gut, und vernehmlich aussprechen gehört, die ich Ihnen hier gleichfalls mittheilen will

Wörter

Papa.	Roma.
Maman.	Madame.
Ma Femme.	La Reine.
Mon Mari.	Le Roi.
A propos.	A Paris.
Marianna.	Allons.

Redensarten

Maman aimez moi.

Ma Femme est mon amie. &c. &c.

Das kann wohl wieder Täuschung seyn, werden Sie sagen. Nein, mein liebster Freund, hier ist nichts Täuschung, alles Kunst! — Ich habe etwas, welches nicht größer, als ein mittlerer Vogelbauer ist bedeckt auf einem Tische stehen, daneben einen Blasebalg mit einem Gewichte und den Erfinder bey jeder Antwort seine Hand in den verdeckten Raum stecken gesehen. ·

Ich muß ihnen doch einen Spaß erzählen, den dieser unsichtbare Redner hervorbrachte. Ein Fräulein von meiner Bekanntschaft, trat eben in das Zimmer wo dieser Redner stand; Als sie ihren Namen

Eva

Eva ziemlich laut nennen hörte, niemand
aber außer dem Erfinder, der sie bewill-
kommte und dessen Stimme es nicht war,
in dem Zimmer sah, erschrack sie so sehr,
daß sie auf der Stelle umkehrte und sich
von ihrer Furcht nicht eher erholte als bis
man ihr den Spaß entdeckte, und das Ding
zeigte.

Diese Maschine hat noch keine menschliche Gestalt, sondern sie stellet izt nur noch
ein viereckichtes Kästchen vor in welchem
einige Löcher angebracht sind, in welche der
Erfinder die Hände steckt, und verschiedene
Wechsel, Federn, und Klappen spielen läßt,
je nachdem es das Wort erfordert, das
ausgesprochen werden soll. Um sich auf
der Reise nicht mit unnöthigen Gepäcke zu

beschwären, will der Erfinder das Aussen-
werk dazu erst in Paris machen laßen. Er
denket ihm die Gestalt eines fünf bis sechs
jährigen Knaben zu geben, weil diese Maschine die Stimme eines Kindes von diesem
Alter hat. Auch dieses ist wohlbedächtig,
und sehr vernünftig eingerichtet, weil die
Maschine noch nicht zu ihrer Vollkommen-
heit gebracht, und wann sie die Wörter
manchmal noch nicht ganz vernehmlich aus-
spricht, es einem Kinde, das es vorstellet
leichter zu verzeihen ist, wann es lallet.
Uebrigens ist besagter Herr von Kempelen
weit davon entfernt diese Erfindung für
eine fertige, und zur Reife gekommene Sache
anzukündigen, er gestehet vielmehr selbst,
daß es ihn noch viel Mühe kosten wird,
sie vollkommen herzustellen. Er begnügt

ſich inzwiſchen damit, daß er von der Möglichkeit einer redenden Maſchine, ſowohl
ſich ſelbſt überzeugt, als durch ſeine Ver-
ſuche und Entdeckungen in den Stand ge-
ſezet hat, Gelehrte davon vollkommen zu
überzeugen. — Was für eine neue untrüg-
liche Theorie von der menſchlichen Sprache,
werden einſt die Gelehrten aus dieſer in
ihrer Art einzigen Maſchine ziehen können. — Ich freue mich ſchon auf ein halbes
Dutzent Abhandlungen, die wir bald aus
Paris, wo ſie zuerſt erſcheinen wird, über
dieſe Maſchine erhalten werden.

D 2

Siebenter Brief.

Den 30ften des Herbſtmonats.

Ja, Sie ſollen ihn kennen lernen, dieſen verdienſtvollen, dieſen rechtſchaffenen Mann! Eine Reihe von Jahren, ſeit denen ich ſeiner Bekanntſchaft genieſe, und die Freundſchaft, der er mich würdiget, würde mir es ſehr leicht machen, eine vollſtändige Biographie von ihm zu ſchreiben; ich will mich aber itzt nur auf das einſchränken, was ihn als Künſtler charakteriſiret.

Herr Wolfgang von Kempelen iſt ein Ungriſcher Edelmann, und Rath bey der Königlich-Ungriſchen Hofkammer, etwann ſechs und vierzig Jahre alt. Von Jugend

folchen Arm zu erfinden, der alles mit
so viel Anstand anfasset, und hinstellet, er
mag ihm auch mit beyden Händen, und vor
den Augen der ganzen Welt die Bewegung
mittheilen. —

Und nun macht er alle Anstalten zu seiner
Reise, die er durch Deutschland nach Frank-
reich und England zu machen gedenket. Sein
Antrag war Anfangs nur diese seine Maschinen durch vertraute Leute in die Welt
zu schicken. Allein eine reifere Ueberlegung,
und selbst die Erfahrung hat ihn bald ein-
sehen lassen, daß, wenn eine derselben durch
die Reise Schaden leiden sollte, man sich
entweder fremden Uhrmachern und Mecha-
nikern anvertrauen, oder die Reisekösten
glatterdings verlieren müßte. Obwohl er
also seine Maschinen nur durch seine mitha-
benden Leute den Wißbegierigen zeigen
lassen wird, so siehet er sich dennoch in der

E

(58)

Nothwendigkeit, sie selbst zu begleiten, um
im Fall der Noth Hülfe schaffen, und das
Verdorbene verbessern zu können. — Nur
Schade, daß seine Landsleute, wie es das
Ansehen hat, das Vergnügen nicht geniesen
werden, diese Meisterstücke eines Ungrischen
Talents; dazu sie doch so viel Recht haben,
und darauf sie wirklich stolz seyn können, bey
sich zu behalten! —

Aber ich höre schon ihren Wunsch, das,
was ich Ihnen von dieser Maschine geschrieben habe, selbst zu sehen, und zu bewun-
dern! —Hm! es ist um eine kleine Reise von
etwan fünfzig Meilen zu thun, und Sie werden Ihren Wunsch befriedigen! — Ich um-
arme Sie, und bin

Ganz der Ihrige
K. G. v. Windisch.

E N D E.

www.ingramcontent.com/pod-product-compliance
Lightning Source LLC
Chambersburg PA
CBHW022159020726
47496CB00008B/2790